＊目次

夢はまだ

秋

冬

社会

遊

足立節子歌集

夢はまだ

春

恙無く

三世代十三人は恙無く卓を囲みて今年初まる

正月のうから静かにゲームなす草食系なり寅年なれど

紅梅に米粒ほどの花芽つき枯渇の庭は明るみはじむ

雨の朝に初めて開く紅椿その大輪は王妃のごとし

乳色に名草の山は烟りたり黄砂は今年も義理がたく来る

雨止みて名草の山の頂の霞は流る羽衣のごと

沈丁花の赤き花芽に綿帽子庭に稀なる雪が積りぬ

昼に舞う名残りの雪は右ひだり北風小僧と戯れていん

雪降れば「はなれ瞽女おりん」を思うたまゆら庭に現世離る

変りないかと雪降る昼に電話あり古希の弟此の頃やさし

若布と

生石山の麓に住まう知人より加太の採りたて若布を貰う

水洗い三回なして竿に干す揺れつつ若布は色変えゆけり

塀の上に鴉は若布を見つめ居り浜の匂をキャッチしたらし

吾が垣内に汐の匂を振り撒きて若布は茶より緑となれり

三日目にぱりっと色よく乾きたる若布と待ちぬ筍くるを

此の年も

此の年も支払調書が届きたりじゃがいも伏せる支度をなさん

流さるる雛は小舟に舞う雪を見上げておりぬ身じろぎもせず

流し雛を積みたる舟はゆたゆたと加太の浜辺を離れてゆけり

すなどり舟に水棹を差して雛を引く舟頭山椒太夫のごとし

干潟地にすなどる群の百合鷗白き頭が冬の陽かえす

きらきらと和歌浦湾の小波は鴨を遊ばせ潮位を上ぐる

節分と商売人に踊らされ巻ずし三本購いて来し

鳥らにも流行病のあるらしき今年は黐の実たわわにてあり

冷え冷えと

冷え冷えと終日雨は降りつづく悔いてやあらん南瓜の芽は

桃の葉の出揃い庭は緑増す幼の家庭訪問始まる

仏壇は拠り所なり受験日に手を合わす孫出産の嫁

液体の洗濯糊は痛みもつ右足に似てしゃきっと立たず

弟は母のお骨を抱きおり後ろ姿に長の風格

九十二歳で逝きたる母の思い出は弟語らず石段登る

弟はやさしく老けたり住職の長き説話に身じろぎもせず

新緑の岡崎御坊の空高し納骨終えてお茶をいただく

孫守りと近場の旅に無沙汰なる畑に蘩蔞《はこべ》は春を謳歌す

黄砂来て

黄砂来て今年も煙る名草山只それだけの鄙に住み居り

初午の餅投げ拾いに誘われて十五号なる袋を探す

拾わんと腕を伸ばすにさっと来る二つの手あり一つの餅に

結球なさずキャベツは花芽を蓄えたり一畝二筋一気に引き抜く

さ緑の柿の芽揃うかつらぎの段々畑は大中小の

ようやくにベルガモットの名を覚ゆハーブ園にて知りしよ此の名

都忘れの花の芽競い揺れており新入生の四月となりぬ

密やかに都忘れを揺らしつつ昼の垣内を風過ぎゆけり

しっかりと日がな一日雨が降る樋を流るる水音忙し

風を連れ弥生尽日雨が降るラッパ水仙なべて俯く

幸せに手を合わさずに居られない年経て言うは我儘娘

妹の二十五回忌賑わしきその子三人に子の子六人

母の顔知らず育ちしその姪は今母となり二歳を叱る

夏

風のストレス

黒南風は庭のあやめを的にして象のようなる力にて押す

強風にもまるるあやめは息を継ぎ撓いて戻る茎の確かさ

植木鉢の椿あじさい薙ぎ倒しまだ収まらぬ風のストレス

梅雨入りの後も雨こず荒南風に両手を下げる茄子の溜息

季を違えぬ

季を違えぬ生に乾杯薄紅の薔薇の蕾は日毎ふくらむ

緑濃く隠元豆は実りたり長短の莢己顔して

金柑の白き小花にブブゼラのごとき羽音の蜜蜂が飛ぶ

春の陽に花芯を曝し反り返る白木蓮の終の花びら

朝にはぐい呑み形のチューリップ中天の陽に花芯を曝す

水無月の鶯鳴けりイントロもサビも確かな学習のあと

鶯の声透きとおる山畑に梅雨の晴れ間を菊定植す

畦に立ち五位鷺は田を見つめおり田植の仕上り確かめるがに

空梅雨に紫陽花の毬疲れしや黄昏時はやや俯けり

掘り返さんと枯渇の畑に水を撒く撥ね返す土は受け入れ拒む

炎天に千日紅は咲き継ぎぬ畑のすべりひゆ明日は引かん

すべりひゆは太く短い根を持ちて再生早くサボテンに似る

すべりひゆの葉の先に咲く黄の小花結実せねば美しと思えり

かたばみは数多の子を抱き土中に虎視眈眈と陣地を狙う

朝まだき

虫除けを腰に吊して朝まだき種子もつかやつり草と戦う

法師蟬にイントロがありサビもある短かき一世のいまわを鳴けり

風止みて静もる鄙のあかときに鳩はほろほろ起床を急かす

十薬を束ねつつ見る朝のニュース鄙にも来るやインフルエンザ

塩漬けの梅の夜干しに幾度も天気図を見て予報も聞けり

北側にひと月遅れに開きたるカサブランカの白極まれり

平池は

平池は小高き丘の頂に島を抱きて真水を湛う

池の端に立つ白鷺は動かざり髄脳もてる者のごとくに

減反に父の植えたる梅百本今年も棚田に色付き始む

冷蔵庫の開け閉め数え昼前の七回の後有耶無耶となる

風水を信ずる程になけれども北には白き菊の花挿す

珈琲の瓶のラベルが赤となり東側へと置き場所変える

暮れ残る海馬は拳で撲たれたり無くせし封筒見つけられずに

恙無く暮れて額ずく仏壇の風なき部屋の灯明ゆるる

忙しげに

白菜の発芽を伝え酒を注ぐその後続かぬ夫との会話

五六秒車途絶えて音消ゆる夜の散歩のたまゆらの闇

忙しげに蟻の五匹が手足振り転びし蟬のまわりを走る

廊下拭く六月の朝見つけたり偵察の蟻五匹がゆくを

マリーナの花火の余韻残る身に屋台の爆発事故を知りたり

猛暑にもハイビスカスは咲き継げり受験の孫の夜更けの明かり

秋

毎日が日曜日なり

毎日が日曜日なりしかすがに日曜の朝は常と異なる

顔面の皺伸ばすごとハンカチにアイロンかける余熱を使い

明け暮れは下り坂とは思わぬに米も油も消耗遅し

アルバムを二階に上げてコーヒータイムもしもの津波に思い煩う

炊事草引き下向く仕事を常とせり金環食の空は青しも

寝付くまで闇の天井見つめおり思い煩うことのなけれど

雨の日は

雨の日はテレビ見ており玉葱の定植の畑思案しながら

雨の日は薬缶も磨く椅子も拭くおしゃべりおまつはいつ来てもよし

腿が張り腰痛兆す雨の日は修行のごとくじっと寝ている

雨の日は宿題済ませし孫のごと窓辺に立ちて外を見ている

雨の日はポテトサラダを大鍋に作り置きする明日の天気に

沖暗く和歌浦湾に雨降りて万葉館は具墨に沈む

降る雨に心安らう山畑の薩摩芋の葉は寛ぎていん

昼前に予報通りに雲がきてみるみる辺りは地底に鎮む

控え目に

控え目に鉦たたきは鉦を叩きおり降る松虫の声に混じりて

踵上げ俯くマイケルジャクソンの案山子立つなりコンクールの田に

消毒は七日に一度と花殻を摘む人云えりバラ園は秋

本当は殺虫なるに消毒とうせめて言葉は差し障りなく

秋晴れに鎮守の森へ姦しく足裏やさしき土の道ゆく

荒びたる山田に蒲の穂の枯れて綿毛ふうわり風に乗りゆく

塵取りに掃き取らるるを拒むごと転びてゆけり桜落葉は

薩摩芋二度芋小芋山の芋蝦芋もあり吾が畑の芋

山裾の

山裾の地蔵を囲み石蕗の黄の花ほこほこ三坪の明かり

白菜は青きレースの葉を保ち秋の陽浴びて結球すすむ

白菜の痛み助けん青虫を潰せば青き涙をながす

弟の呉れし鈴虫雌多し娘三人の父親にして

触角を忙しく揺らし蠢めける米粒ほどの鈴虫の胴

鈴虫をおすそ分けせし隣より月見の酒を一升貰う

台風に揉まれし菊を直しゆく折れたる茎に蕾幼し

竿先にひと突きすれば降るような雨を抱けり我慢の雲は

十六夜の

十六夜の観海閣に匂連れ潮満ち来たり闇の果てより

子ら三人招き呉れたる民宿に夫と眺むる加太の夕映え

草刈るにほたる袋は残し置く山の傾りの数多のつぼみ

口窄め俯きて咲く乳色のほたる袋は何を秘むるや

老い二人置き薬にてこと足ればマスク一枚買い置きのなし

点したる線香は立てず横たうる母逝きしより慣わしとなる

庭に立ち思うてみたり埒もなく空の上まで我がものなりや

膝を病む八十歳の住職の蘊蓄長し棚経よりも

昼の静寂

背後よりじっと見つむる気配あり昼の静寂一人の読書

電灯に付けたる紐の先端に結わえし月が闇に光れり

包みゆく餃子五十個終る頃熟練工の手際となりぬ

栗食みて尚寡黙なり此の朝は時々ボウルに皮入れる音

喫茶店に悩みを持てる者のごと座して見ている狐の嫁入り

吹き溜りの楠の落ち葉の茶の色をがさっと掬えばはつか匂えり

着流しの眼鏡の十歳高座にて手振り哀しくまくらをしゃべる

築二百年とう漁師の物置の網や錨の乾きたる色

冬

夢はまだ

夢はまだ老ゆることなく数多あり先ずはクロール一キロ泳ぐ

新型のインフルエンザに感染す遠きニュースが戸口に立てり

症状を電話にて問うウィルスは電波にて来る長くは話さず

節電の冬も寒さに湯を使い三度三度の食器を洗う

三日目の筑前煮は口に倦み残り眠らす冷凍室に

多過ぎると思いつつ切る一丁の筑前炊きへ入れる蒟蒻

木枯しは

迷い込みしビルの谷間の木枯しは背に突き当たり空へ逃げたり

火の棒をなかなか振らぬ大道芸のイヴの男は若作りなり

公園の若木に電飾巻き付けてソフトクリーム巨大が光る

マネキンのダウンコートはダイエーに私を待ちて年を越したり

春菊の「菊之助」とう種を蒔く友の蒔く種「菊次郎」とう

「私だってパーッと花弁伸ばせるわ」壺の蠟梅黄色賑わし

春の花を定植せんと石灰を雪の積む程庭に撒きたり

夕されば雨は霙にかわりたり取り残したる畑の柚喚ぶ

山茶花は「寒くないわ」と霙受け夕さる庭に白極まれり

背に温き陽を浴び庭の草を引く茎の二倍の仏の座の根

寒行の人らの太鼓たたく音寒気有めて街道をゆく

百本の水仙地蔵に供えつつ給いし友の名を告げ祈る

無造作に「百本あるよ」と水仙を友は呉れたり雪降る昼に

畦道を水仙切らんと霜を踏み友が行く見ゆ赤き鋏と

雪降れば

寒風に三ツ身の裾を煽られて不二家のペコちゃん今日も立ちおり

雪降れば眉間に皺寄せ「子木が裂ける」みかん畑見し父思い出す

田の畦によもぎを摘みし幼き日は臼で餅搗き妹もいたり

腰痛に正比例なし繰り言の多くなりたり此の頃「オマツ」

誉められて豚になりたり年経れど優越感は健在なりき

床几に座せば

玉津島神社の参道青石の上にさくらはゆらゆらと散る

玉津島神社に市松人形歩く浜風裾を捲りてゆけり

聞き分けのよき子も悪きその子らも床几に座せば神妙になる

社会

務め終え

務め終え第二の職場へ運ばるるゼロ系車両の後ろ向く顔

思い出は働く数多の人乗せしゼロ系車両の鼻は誇らか

廃校に通ずる道に今もあり立て看板の「あいさつ通り」

五年前先頭行きし引率の背の高き子は乙女さびいん

冤罪が晴れて笑まえる菅家さん右の口元犬歯抜けおり

世の中の不幸を全て背負いたるそんな顔する岡田監督

サッカーの駒野選手は隣り町日の丸背負うを我がこととする

海堀の右足に神宿りしやシュートを阻止する分母の大きさ

口唇にメダルを寄せてレスリングの女子三人が紙面に笑う

殺されてビンラーディンの歳を知る十年前も顎鬚白き

アウンサンスーチーさんは軟禁を解かれ変わらぬ細き首筋

装甲車が百足のように進むを見る戦後の廃墟忘るるなかれ

我が畑の

我が畑の菠薐草はゆっさゆさ放射線とう言葉は知らず

事故ありて夜の列車は止まりたりそしらぬ顔の本読む人ら

ブックオフへ半年振りに入りたり雨降る土曜日少年多き

手を合わせ挨拶をする国王のまわりの温き風も写りぬ

駅前のＪＡのビル壊されて意外に狭し東南の角

駅前に見上ぐる空のひろびろと十一階のビル壊されて

修復に十年を掛け甦る旧中筋家の甍がひかる

売られゆく

「売らないで」少女は叫ぶサーカスの象は沢山ごはんを食べる

売られゆく象の背中に雨が降る少女は己のマントかけやる

三味線を抱きし必殺元締めの山田五十鈴もとうとう逝けり

憎き憎き〈クンイエ〉なるに谷川のラストシーンに全てを許す

八十路とう高倉健のよき姿勢その後姿を長く映せり

赤貧を軽く語りし杳き日の田端義夫のうすき口唇

赤と黄の左右異なる靴を履く少女乗り来て車中そのまま

游

猫になりたり

喧しくふざける三人の二人降り猫になりたり一人の童

西向きて美術館より望みたる通天閣の下に立ちたり

豹柄のセーター数多吊られたるなにわの町に溶け込む我ら

原色の看板・匂・酔っぱらい・朝より元気なジャンジャン横丁

猫の顔の駅舎が建ちて賑わえり三毛の駅長今日はお休み

白崎の戸津井隧道開通しS字の道はトンネルの上

シルバーの車体にサドルはこげ茶なる吾が自転車は忽然と消ゆ

ハウスマヌカン

折り込みの靴探しおりダイエーに素知らぬ顔の茶髪店員

無愛想な靴屋の茶髪の店員にハウスマヌカン思い出したり

スニーカー二足買い来てグーをする取り立てて行く所なけれど

己を曲げず

捨てなんと思えど又も仕舞いたり子らの羽織りし祭りの半被

俯きて小さき声に語る人賛否を問えば己を曲げず

弟はコンテナいっぱい里芋を持ち呉れ「風邪を引くな」と帰る

連休は人出多しと断りて留守居をしつつ漱石を読む

三歳と野菜おんどを踊る息子杳き彼の日は我と踊りき

雨の日は畑に出ること儘ならずふらりシネマに涙を流す

電線に二羽ずつ止まる椋鳥をガラス戸越しに夫と見ている

土曜日の黒潮市場に人溢る鮪のにぎりも天こ盛りなり

顔面は年相応の染みと皺裡は燃えおり若き日のまま

「このバスは暑い」と人乗り込みてしゃべり続けるあなたが暑い

飲み会におねむの時間と席を立つ夜は今から始まるものを

歌舞伎座の柿落し

歌舞伎座の柿落しは満席にて媼の多し吾もその一人

歌舞伎座の柿落しの観客は団体らしき同じ弁当

歌舞伎座の柿落しの口上に若き女形の三人が光る

歌舞伎座の柿落しに賑わえる上本町に浪花の風吹く

ビル六階に間借りをしたる歌舞伎座は何処にでもあるホールとなりぬ

八月の南海電車は混み合えり墓まいりとう老女もありて

自動ドアはプシュッと駅にて開くなり疑わず立つ乗り降りの人

トンネルに南海電車は入る度挨拶のごと汽笛を鳴らす

市駅にて師の御夫妻と乗り合わすテンション上げる天下茶屋まで

倦怠期の夫妻のように距離を置き優先座席に師は座し在す

なんば駅に歩める人らの靴音にたちまち越され一人の出口

終電に鞄を胸に抱く少女マリオネットの人形となる

軽やかに

境内は徐徐に人らの数増えて日前宮は暮れてゆくなり

八十歳に近き翁は軽やかに十六歳の敦盛を舞う

一舟のタコ焼き三人で輪になりて夜店の傍に乙女となりぬ

住職は血圧高きを口にせり弥陀に仕うる者も病むなり

誇らかに寺の由来を説く僧の汗の流るる項おさなし

真田庵の都忘れは庭石の裏側にその紫紺を揺らす

九度山の町並み写す後姿の友が絵となる薫風過る

紀の川の竹房橋の北詰に手甲脚絆の西行が立つ

妻と娘の眠れる天野の里を向く西行像は台座に歩む

清水寺の舞台より見る紅葉は濃淡のあり谷より湧き来る

高座を下りる

五升目の酒飲む所作の噺家の扇子の傾斜に空気が止まる

拍手され高座を下りる噺家の素顔に戻る厳しき口元

女より女らしさを造りあげ松井誠は「お梶」を舞えり

バラックは「魚もんや」とう痩身の若き主は魯山人なり

「ひばり忌」は今年も来たり雨連れて二十年目を我は存らう

マリーナの若者バンドの一曲にサックス奏者の「リンゴ追分」

リボン付け短かき服の「はるな愛」膝の骨格夫と同じ

髪を染めサプリを飲みて魔女のごと七年後への望みを繋ぐ

艶やかな女で居たいと髪を染めコンサートに行く重ね着をして

関所のごとく

入口にポップコーンは売られいて関所のごとく人らは止まる

サーカスのテントの小屋に轟けりピエロと掛け合うカウントダウン

火の鳥は館の前に胸を張り神戸の町に甦りたり

元町の南京町の賑わいに腰痛忘れ分け入りてゆく

車窓より遠ざかりゆく六甲の山を薄暮がどっぷり包む

直島へ別れの手を振るデッキよりオブジェのかぼちゃ港に赤し

ポン菓子もじんたも鳴らず南港の静かなテントにピエロがひとり

入口の白人の娘と握手する堅き手の平男のごとし

黒人の空中ブランコ揺るる度テント支えるロープも揺るる

フィナーレの団員少しサーカスの客も少なし高き青空

役者のごとく

地球儀の傍に役者のごとく立つ龍子が描きし山本五十六

放蕩にふやけし自画像老けており三十六歳岸田劉生

ツタンカーメンの胸像の材は木とあり三千年前人が彫りしよ

光りつつ暗きケースに鎮もれるツタンカーメンの短剣と鞘

夭折の田中恭吉展に観る画布の人らはなべて俯く

恭吉の書きたる「南国」黄緑にふくらめる山ふるさとの山

秋晴れの土曜日の午後半時をグレコ展に並びて居りぬ

振り向くにフェルメールの少女と目が合いぬ暗き部屋にて混雑のなか

ルノワールの編物をする乙女子の桃色の指関節うごく

「静謐」と知事は色紙に書きており今日の和歌山日本晴れなり

博物館のエントランスの壁面に魁夷の青き月がかかりぬ

若き頃のピカソの画きし「抱擁」は丸くやさしく鋭角あらず

薄暗い展示ケースに摩り切れし「雨ニモマケズ手帖」鎮もる

展示室の暗き隅より童顔の宮沢賢治が我を見ている

大柄な画廊の店主はやんわりと挨拶しつつ我を値踏みす

酒

お礼にと友に貰いし地の酒を冷やしておしろい花咲くを待つ

透明のグラスにとくとく七分注ぐ昨夜に冷やししシャキシャキの酒

水割りの氷がついと止る時奥処の迷い薄らぎゆけり

十缶のビールを空けてその後の記憶はあらず目覚むれば朝

盃に菊のひとひら浮かばせて月見の宴の乾杯をする

かぐや姫も押っ取り刀で鯛食まん月にはあらず今宵の馳走

酒断ちて半年は過ぐ悪しきもの濾過されしにや足腰軽し

祭

下駄を蹴り鳴らしつつゆく下駄踊り田辺の町は若者多し

ジャム用に盛られし無花果購えり青洲の里祭りの前日

浜風に頬吹かれつつ並び居り加太鯛祭りの鯛汁の列

浜風にフルートの音途絶えたりボーカリストも口ぱくとなる

砲台跡より紀淡海峡眺め居り兵らも見しや春の小波

陰陽の石祀りたる山裾は賑わいの中鎮もる一角

天然もの一尾七千円也が泳ぐを見ており加太鯛まつり

和歌祭

和歌浦の東照宮の石段を右に左に神輿は降る

童らの鉦や太鼓に急かさるる行列奉行の翁が二人

腰元の行列に背の高き人うなじ真白き外つ国の人

潮風に四つ身の裾を吹かれつつ餅搗踊りを五人が踊る

行列奉行が祝儀袋を貰いたり歩行が止るその後の行列

行列の関取りの子は四股を踏む横綱のごと口をへの字に

百面は幼を泣かせ尚泣かす元気に育てとも一度泣かす

しらす屋に子供神輿は演舞する指揮する大人の必死の形相

いにしえの生活を顕たせ渡りゆく渡御行列に和歌浦の風

孫

デジカメのボタン操作を質しおり桂馬の飛び方教えし孫に

手を合わせ指の長さを比べおり汝の涙を拭いたる指

「あーひま」と十歳がいう降り続き我も暇なり雨を見ている

腸をごろりと残し秋刀魚食む孫に大根おろしは添えずレモンで

膝に抱き幼の口に匙はこぶ息子の手際板に付きおり

身を反らしお泊まりねだる幼児を攫いゆきたり荷物と共に

七五三の晴れ着きせられぐずる子を抱き上ぐる時ちりり鈴なる

玉津島の社を通る海風は孫の簪ゆらしてゆけり

二日昼「明けましてお目でとう」と来る三ッ身の孫は疲れ気味なり

やわらかき指にマシュマロ食む二歳もぐもぐ頬っぺマシュマロピンク

三歳はトライアングルしっかりとクリスマス会奏者となりぬ

ウィンナーのような指もて鍵盤にきらきら跳ねるクリスマス祭

大きな孫小さな孫と訪ね来るどの子を詠まん桃の花咲く

お昼寝は「ゆりかごの歌」揺れながらタオルを持ちておやすみなさい

熱ありて蒲団にじっと動かざる聞き分けよき子に不安が過る

臥し居れば蒲団の上に上り来る熱の下がりし三歳の孫

仏壇に鈴を鳴らして三歳は「ばあばのおなかなおしてください」

触ったと触らないよと小競り合いとどのつまりは三歳が泣く

友

煎餅を童の客におまけする菓子屋の友の商いにして

横たわる昏睡の友に只ひとつ感知確かな涙壺あり

昏睡の友の名叫ぶははるかなる彼方に往くを引き止めんとて

自らを外腹の子と言いし友脚色多き一世にありき

またひとり友が逝きたり雨の降る朝の葬送立つ人の無く

僧の子に経上げられて送らるる友は笑えり花なき部屋に

酒飲めば腹踊りにて盛り上げし友逝きてより株価上がらず

一人居は楽しとう友七人と住み居る友は孤独を語る

店を閉め子の住む町へ移りゆく友の掌グローブのごと

「此の一本全部あげるよ」柿畑の友の柿の実ゆさゆさゆさゆるる

裏山に咲きたる水仙ひと握り手折る無礼を許し下され

子に農を譲りて雀荘通いする友の手の指古木のごとし

今打てる抗癌剤の点滴は爪が割れると指そろえたり

カラオケに寄り道したり夕食に差し障りなき媼が四人

「水甕」行事

ジオラマを覗き込む童は繭となる薄暗がりの昆虫館に

揚羽蝶は放蝶館の窓越しに五月の蒼き空を見ている

中辺路は青葉の盛り師の歌碑は南を向き杉山俯瞰す

山腹に南を向きてじっと立つ師の歌碑に吾が肚を固める

師　日比野友子先生

葉桜の「野中のしみず」に水無きをバスの窓より須臾に見て過ぐ

師の短歌を思い出だせど中辺路に思い出せない声も帽子も

六月の阿蘇の緑の果てしなし人は草刈り牛は草喰む

自らをもっこすと言いし師が里の深山霧島紅散り残る

本殿の五メートルとう提灯は蜘蛛の巣のごと網を巡らす

物満つる世に生き此の上何を欲る数多祈願の千本幟

ド・ロ神父記念館へと息切らし入れば讃美歌迎えくれたり

山頂まで開墾された出津村の段々畑に故里も似る

出津村は耶蘇の末裔吾が里は平家の落人石垣が似る

長崎の平和公園歩みつつ電気料金などを話せり

輪になりて「上を向いて歩こう」唄うそして果てたり長崎大会

憧れの銀座の町を歩みつつ定植したるレタスを思う

歌舞伎座の芝居の演目見つめつつ杳き映画の鴈治郎顕つ

おのぼりの四人は夜の新宿をかしましく行く抗うごとく

記念号は二分の一キログラムあり吾のページもこの内にあり

「おのがじし」貫きて来し先人の長き百年味わいており

歴代の主幹が誌面に写りおり細面にて美男に在す

師の席に師は座し在し此の年の忘年歌会は晴れて風なし

最上階に名古屋の夜景を見ておりぬバーテンダーはいけめんなりき

旅に来てツインの部屋に早寝する友の寝息のリズム正しき

旅

家苞に

家苞に地酒一升購いて留守店の夫にせめてもうふふ

青銅の利休は木下にひっそりと平成生くる人を見て居り

恋し野の里へ流るる去年川の深山に入れば岩に苔生す

標なき道歩みゆく確かなる二本の足と不確かな脳

醍醐寺の三宝院の襖絵の桜は黄金に散りていたるも

船頭の長持ち唄によしきりは葦の穂先でゆれつつ鳴けり

竿を岸に押し当て舟を寄するすげ笠の舟頭口一文字

賽銭に願いを托し手を合わす天狗の面がカッと見ており

興国寺の天狗にカッと睨まれて合わす手と手に力が入る

「何もなき所」とガイドは控え目に小野市語るも笑顔が一番

旅に来て諍う友らの傍らに持参のビール二本目開ける

旅に来て棘もつ言葉吐く人の傍に長し電車を待つ間

飲み終り茶碗の銘を聞いている五分後には忘れるけれど

拝むは常にやからの息災なり岬の寺にはるばる来ても

洞窟は鯨のように潮を吹く三段壁の満潮の四時

他府県の車の多き白浜の千畳敷に汐の香の満つ

勝浦の補陀洛山寺に由来説く男は彫りの深き顔なり

家苞に花豆買いぬ高野路に夫が好みの甘煮になさん

如月の雪の高野を着ぶくれてペンギン歩きの媼が三人

草色なして

釣舟は加太の港を離れたり水流伝わる舟底に座す

友ヶ島の煉瓦の砲台傾るるを波の上より私は見ている

売られゆく安寿は櫓の舟我ら乗るエンジン付きは波を蹴立てる

下舟する我らに水夫は八十四と己の齢をひけらかしたり

なつむしは河鹿の声に応うるか向かいの岸に明滅をする

昨夜蛍の飛びしあたりに鹿の来て朝露ひかる草食みており

「かじか荘」の背丈程ある提灯の横に収まる出立の朝

あらぎ島の棚田の畦にカブを止め草色なして人歩みゆく

空映す棚田に早苗は揺れており黄金の秋を豊かに顕たせ

自然

岡公園の

三本の岡公園の松の木は子らの歓声聞きつつ繁る

欲張りの長者の田のごと大雨に湖になりたり吉原田圃

黒き背の大蛇がゆっくり進むごと家薙ぎ倒す津波が映る

結実の南瓜太らず長雨に徒花ばかり夏も過ぎゆく

鈍色の澱める川にも魚棲むを今朝気付きたり鷺の歩める

街路樹のいちょうは色付き我よりも寂しそうなり風に吹かるる

夜更けまで

ガラガラの一等賞のベルが鳴るテントの囲りの歩みが止まる

地の果てと歌われし国アルジェリアに日本男子働く哀れ

撃たれたる人の名紙面に滲みくる派遣社員の人らの多し

夜更けまでトンネル事故を見て居りぬ外は冷たき師走の雨なり

日常

くしゃみと共に

大臣も博士も居らずクラス会は童のままのA組なりき

昨日の話題となりし土地の名をくしゃみと共に今朝思い出す

坂道を追い越してゆく学生のペダル漕ぐ足ハイパーピストン

園児らは笛を合図に散りゆけり芝生の上を飛蝗のように

「おいしいね」ひとりが箸止め発すなり皆が頷く鯛の粗炊き

別かれたる季は定かでなき人の痩身顕ち来る吾が朝影に

無人駅に列車が来るとアナウンス雀の二羽が飛び立ちにけり

一両の電車吾が為軽く来る三十六分時刻のとおり

活きのよい「うおぜ」十四千円を黒潮市場に買わず見ている

日日疎し産土神の竈山の社に陵墓の在り処を知りぬ

風はことこと

戸袋に入り来し風はことことと日暮に遠き日の音を立つ

薄雲の流れは月に懸かりたり立つ影消えて一人となりぬ

乗り換えの駅に一瞬音途絶え一人ベンチに置き去りになる

あの角を曲りて居れば出会いたる人も異なる今の居場所も

音大を望みし息子の芽を摘みしことも此頃悔やめるひとつ

取り換えし洗面台は位置を占む二畳の部屋に力士のごとく

敬老の金一封を頂けり自治会長は八十二歳

町内は仕舞いの早き人ら住む平均年令下げる娘の家

正月の肉三瓩を冷凍する毎年なれば手回しの内

娘と吾の世間話を傍にて聞き居る夫は口を挟まず

夕つ方帰り来し夫早口に東に虹のかかるを告げぬ

看板はパナソニックになり久し物言い変らぬ在の店主は
皮革屋の仕舞いし角地に忽然とコンビニが建ち夜を賑わう

病知らず

ひと月を風邪にて臥しぬ常ならば五日で治癒する六倍の老い

エッセイに病知らずと書きたるは四ヶ月前蒲団を被る

這い出でて縁より空を見上げたり二度目の大根種子を蒔かねば

ヒール履き闊歩していた昨日まで七十五歳は七十五歳

若き日は即決したり何ごとも檜の山を買いしことあり

物溢れ人も溢れし若き頃階段二段を駆け上がりしよ

大病に寝込むことなく生きて来し終のことなど思い描けず

よう足立さん三年振りと医者は言う三年間も元気でごめん

突然の

左手より血がしたたりて土に染む自転車よりの転倒を知る

突然の怪我に己の生き方を省みて居り師走の昼は

四日目は寝ている事に疲れたり腹這いになり襖を開ける

病めば目は内側にのみ傾きぬ蠟梅に知る時の移ろい

みぞれ降る夕に微かな香を放ち蠟梅の黄は在り処を誇示す

来し方は己ばかりを主張なし友と関わること浅かりき

トタン板は背中に張り付き指図するしゃがむな捩るな反ることならん

えび天弁当

四名の集合時間は朝八時庭に水撒き友待ちくるる

作業終え「えび天弁当」五百円四人で食べる今時の味

珈琲を頂きやっと素に戻り太き声にて大きく笑う

自転車にて入日を見つつ帰る道和田川堤防新芽の匂う

山椒の箱詰め

弟に請われ山椒の箱詰を手伝う納屋は昔の匂

山椒の五百グラムを箱詰し倦む頃合に鶯鳴けり

待針の玉ほどの実の山椒を紙箱に詰める石積むごとく

箱詰の熟練工となる頃に労う五時の農電が鳴る

山椒の香りに包まれ暮れゆけば遠き日の父母の匂い顕ちくる

あとがき

第一歌集『アマチュアリズム』から五年がたち私は喜寿となった。

気持は若いままで、好奇心が強く何か催し物があれば一番に飛んでゆく私であるが、何だか此の頃体が付いて来ないと感じるようになった。ちょっと頑張るとその夜はとても体の疲れを感じるのである。

忙しい毎日、楽しい毎日、そのような日々のなか「今だ」と思い心を奮い起たせ第二歌集『夢はまだ』を編むことを決めた。

楽しく作歌できるのは仲間が居ればこそ、歌友には感謝しています。

水甕編集会様にはお手間を取らせ、水甕叢書に加えて下さりありがとうございました。また出版に際し青磁社の永田淳様にさまざまな御配慮をいただきお世話になりました。ありがとうございます。

最後まで読んで下さいました皆様ありがとうございます。

平成二十八年四月

足立　節子

水甕叢書第八八四篇

歌集　夢はまだ

初版発行日　二〇一六年七月一日
著　者　足立節子
和歌山市中島四四四－三三三（〒六四一－〇〇〇六）
定　価　二〇〇〇円
発行者　永田　淳
発行所　青磁社
京都市北区上賀茂豊田町四〇－一（〒六〇三－八〇四五）
電話　〇七五－七〇五－二八三八
振替　〇〇九四〇－二－一二四二二四
http://www3.osk.3web.ne.jp/~seijisya/
装　幀　横山未美子
印刷・製本　創栄図書印刷

ISBN978-4-86198-345-0 C0092 ¥2000E